JN163942

愛のカタチは詩のカタチ

札幌ポエムファクトリー

ポエムピース

はじめに

工場長　佐賀のり子

平和で温かい世界に呑気に幸せに暮しています。なにひとつ足りないものはありません。今の幸せが大切で感謝しています。

それでも時に孤独を感じたり、何か大切なものを失ってきたような気がする瞬間があります。きっと誰もがそんなふうに感じることがあるのではないでしょうか。それは、どんなに幸せでたくさんの人に囲まれていても、人とは本質的にひとりだからだと思っています。そんな「ひとり」を感じた時、私は詩を書いているのかもしれません。

札幌ポエムファクトリーは、いろいろな偶然と必然、そして人との出会いが重なり始まりました。詩を書いたことなどなかった私の「詩を書いてみたい。札幌で詩の教室を開いて欲しい」という願いにマツザキさんが、古川さんが応えてくれました。

そして、仲間と言うほど熱くはなく、友だちと言うほど親しくもない、そんな札幌ポエムファクトリーの参加者が集まってくれるようになりました。私たちは2か月に一度、新しい詩を書き期待と不安を胸に集まります。仲間でもなく友だちでもない、それでも家族や親しい友人にも見せたことがない心の奥底にある喜びや悲しみ、時には秘密を共有しているのかもしれません。共通点は「北海道に住んでいること」、それだけ。もちろん詩人として食べている人は一人もいません。職業は実に様々ですが、みな真面目に働き、家族を守り子どもを育て、あるいは恋をしたり傷ついたりしながら、自分の人生を一生懸命に生きています。特別な人ではありません。ある意味本当に普通の平凡な大人たちが集まって、詩で自分の人生を、自分自身を表現しています。(普通が尊いと私は思っていますが)

そんな私たちの詩がここにおさめられています。どうぞ読んでください。

もくじ

札幌ポエムファクトリーという場所

技術指導員　マツザキヨシユキ

長い時間をかけて「自分との向き合い方」は固まっていってしまうのではないでしょうか。

自分と向き合う時間なんて忙しいから取れない、という人も多いでしょう。生まれたときから一緒にいて、気づいたときにはもうスタートしていた「自分」という人生の旅人を、追っかけながら、この人(自分)はいったいどんな人？ 何が好きで、何がイヤで、どう導いたら幸せなの？ などと思考を巡らせてみても、いつも堂々巡りで、納得の行く答えにはなかなか行き当たりま

マツザキヨシユキ
（札幌ポエムファクトリー講師、詩人、作詞家）

15歳で第一詩集『童女 M-16の詩』を出した後、詩集やエッセイを多数出版し、ラジオや雑誌で詩選を担当。'10年に谷川俊太郎氏らと詩のデザインレーベル「oblaat」設立。'12年「福島の花を広めるプロジェクト」で『ここは花の島』出版、同名の合唱曲を作詞（作曲は谷川賢作氏）。'15年にみちる名義で『10秒の詩―心の傷を治す本―』出版。

せん。

それでもなんとかごまかして、世渡りをしていく自分を応援できればまだいいのですが。

お年頃の時期を過ぎて、何年も、何十年もたっても、自分とうまく向き合えず、なんだか冴えないその思いに、行く手をさいなまれることも少なからずあるのです。

スッタモンダを繰り返すうちに疲弊して、ある時、自分と適当に手打ちをして、自分とはこう向き合うんだ、こうして自分の声を聴くんだ、と、本当の姿を求めることを諦めてしまうこともあります。自分というものに対する見方が、浅いままに固定化してしまう瞬間です。

詩は、つねに新しいもう一つの自分へのアプローチです。
そして新しい部分を見つけ出し、生命の泉からあふれる斬新な驚くべき事象を見つけることにもつながります。さらにそれは変わらない部分と、変化（深化?）していく部分を鮮明に浮き立たせてくれるでしょう。

夜な夜な札幌の某所に集って、そんなことに驚いている人たちがいます。その灯りを持ち帰って、自分のテーブルに灯し、何処からか生まれてくる見たこともない、だが懐かしさを醸すその言葉たちに注意を払い、整列させて、私のもとへと送ってくるのです。

私は、"技術指導員"として新しい詩人たちから送られてきた言葉たちが、詩人の味方になるよう、願って言葉を添えます。

その言葉を受け取った詩人たちは、ときに孤独な場で、ときに仲間との間で、言葉たちを手なづけていこうとします。

そうして仲間になった言葉たちは、さらなる仲間を連れてきてくれるのです。


というわけで、札幌ポエムファクトリーの場は、北の大地で、みんなが必要とする場所として大事に守り育てられています。

嬉しいことにこの場所は蜃気楼のように存在し、現実から遊離して必要な時に現れます。

その様子をこの本を手に取ったあなたも垣間見るでしょうか。

それとも、さらに核心に触れようと、詩人の仲間になって詩を作ってしまう？

のでしょうか。

どちらにしても、ハレの日のようにめでたく、かすかな憂いがなおそれを際立たせるこのファクトリーは、奇跡的に存在する現代のポエムの工場なのです。

あなたはいつから？

あなたはあなたをいつからはじめたの？
あなたはあなたをいまどこからみているの？
あなたはあなたのことをきのうのあなたより
よくしっているの？

あしたのあなたときのうのあなたの
あいだにたって
きょうのあなたはどちらに旗をあげるの？

わたしがあなたになったとき
あなたはわたしになるの？

それをあなたもわたしも知らなかったら
だれかが教えてくれるの？

10ねんまえにした
いいことが
きょうのわたしをすくった
10ねんごにすることが
きょうのわたしの迷いをとりさった

＊

わたしが水の中で呼吸していたとき
わたしは命を運ぶ運搬船だった
だれかからたのまれて
わたしはわたしにいのちをはこんだ

もうなんどくりかえしてきたことか
このさきなんどくりかえすことか
わたしはだれにもきかない
わたしはわたしのむねのこどうを
きくだけ

札幌ポエムファクトリー

女の、わたし

藤山道子

筒である。

吐いて、生まれて、
吸って、目覚めて、
空気《プラーナ》を通す筒であることから
はじまった。

男を入れて、子を出した。

宇宙が、このわたしのなかを

なだれを打って通りぬけた。
歓喜と痛みが、
その瞬間、世界の果てまで広がった。
終わりとはじまりがつながった。
筒の、女の、わたし。

十六夜

秋の夜

となりの布団から
わたしの赤ちゃんの寝息がきこえる

すふーすふーと
意外に大きな音

でも体は小さくて
あれなら布団に

同じちびがあと３人は寝られそう

布団からはみ出した肩
小鳥みたいだ

大きな寝息と小鳥の肩

ああ
この小鳥

それに世界中の小鳥たち

どうか夜は
あったかく不安なく
ぐっすり眠れますように

せめてこんなにうつくしい十六夜には

まことにおだやかなその寝顔を
母がほうっと、
ながめられますように

片想いのかけら

ナカザキアコ

夢を見ているような熱帯夜
西28丁目のドーナツショップ
アイスティーをストローでかき回す
ゆっくり氷が音を立てる瞬間
また誰かのことを思い出していた

マイスイートベビー

無意識に伸びてくる小さな手
掴んだ瞬間は永遠
絶対なんてないと思うけど
この瞬間だけは絶対に永遠
おばあちゃんになっても
あなたが巣を旅立っても
この手の温もりは忘れない
それで十分だから

道は続く

理不尽なことで叱り飛ばされ
こんなに頑張っているのに
何も悪いことはしてないのにと呟く

報われないという言葉を知ったのはいつだっただろう

高いヒールで走る頭上には
ビルの狭間の星のない夜空

悔しくて泣いたのは何時間前？

くたくたでベッドにもぐりこめば
また朝はやってくる

後藤路代

ラクガキ

ママはね
やっぱ 悲しかった

置きっ放しのプリクラの笑顔

君は そのフレーズを
まるで アクセサリーみたいに使うんだ。

ママはね
悲しかったよ

キラッキラおっきな黒目がちの瞳で
アイドルみたいにポーズを決めて

カラフルな文字の落書き

しにたい

って そこに

ママは悲しかったよ

まるで アクセサリーみたいに使うんだ
カラフルなラクガキで

しにたい

って。

まるで アクセサリーみたいにね

テーブル

めちゃくちゃ 腹を立て
悲しくて 悔しくて
雷みたいに怒鳴りちらして

泣いた

1階と2階の途中で

泣いた

彼女の部屋からも
泣き声がもれる

涙で冷やされた頬

少しずつ
心は静まりかえる

飯を炊き
ありあわせの夕飯の支度をして

ごはん！
と叫び
何事もなかったように
テーブルを囲む

そして また
変わらず
同じ事を繰り返す

ピアス

あい どんと のぉ
昨夜 新しい 穴を また 開けたんだって
あいどんとのぉ
痛くないの？って聞いたら
痛くないって。
ピアス用のニードルで 開けるんだよって

昨夜 君は 舌に針を突き刺したんだって
まだ しゃべり辛いって。
あいどんとのぉ
あいどんとのぉ
否定じゃないよ
ただ あいどんとのぉ なのさ

野生動物のように

痛い
痛い
痛い痛い痛い。。
アフリカの草原で
痛みにじっと耐えている

野生動物のように
じっと動かず
回復を待つんだ
野生動物のように

やよナスへ 愛を込めて♡

夏の匂い

君に会った帰り道
夕暮れのはじまり
夏の匂い
空は徐々に赤く染まりはじめる

不意に現れた2年前の写真
君の姿
キラキラとした夏の日
僕らは 眩しい光の中で笑い

波と戯れた
ずぶ濡れの僕らは
いい歳をして
ゲラゲラ笑ってる

嘘みたいに
嘘みたいに
嘘みたいに

思ってた
少しずつ
失われてゆく自由

生きて
生きて
生きていこうね

僕らは
いつだって
君を笑わせるから

何度でも
あの夏の匂いの笑顔に
会いに行くから

空のひと

村田由美子

空のひとの描く空に　一つも同じものは無い
昨日の空と　今日の空
あしたも、次も、また次も
一つも同じものが無い

もしも私が死んだなら　私の魂、空へ行く？
そしたらお願い、空のひと
私に教えてくださいな　上手な空の描き方を
私も空を描きたいの
毎日毎日　描きたいの
「あしたの空は、どんな空？」

33　村田由美子

空を見上げる兄弟が　あしたの空を楽しみに
ニコニコ笑ってくれるように

ねぇ、空のひと、空のひと
私もいつか描けますか？　そんな空を描けますか？

ねぇ、空のひと、空のひと
あなたが誰だか知ってます
毎日空をありがとう　素敵な空をありがとう

時空を超えて

グスク　ウチナー　アジ　ウタキ・・・

出会ったばかりの言葉たち
まだ意味とセットしきれずに
頭の中でくるくると　自由に陽気に舞ってます

グスク　ウチナー　アジ　ウタキ・・・

３０００キロも向こうの　遠い南の島の
１０００年も昔の　遠い遠い景色に思いを馳せながら

今　私が
氷点下の風を頬に受け
きゅっきゅと音の鳴る　真っ白な雪道を
黙々と歩いていることの不思議・・・

ページの向こうに　旅がある
時空を超えて　旅をする

生きているって　こういうことでもあるのかも

グスク　ウチナー　アジ　ウタキ・・・　雪が一緒に歌ってます
グスク　ウチナー　アジ　ウタキ・・・　雪が一緒に舞ってます

わからないこと

兎ゆう

うんざりだった

金がかかる
話が通じない
時間が奪われる
理解できない

今すぐ死んでくれと思ったら
死んだ

早く死ねばいいのにと思ったら
死んだ

死んでほしかったのに
死んでほしかったのに

自分が大事だったから
抱えきれなかったから

だから

37　兎ゆう

消えてほしかった
消えてなくなれば
幸せなはずだった

私は今幸せだろうか
あなたが生きていれば
幸せだっただろうか

母へ

お酒飲みすぎだよ
たばこはやめてよ

私から何もかも取らないで

何もかも？

あんたには
私がいるじゃない

今なら言えるのに
もうあなたに聞こえない

誓い

あなたを惜しむ人に
あなたが残したもの

バスガイドのあなたは
土地の歴史を語り
草花の名前を教え
歌を口ずさんだでしょう

でも
私はそれを知らない

あなたが残したものを
一つも知らない

あなたを惜しむ私に
あなたが残したもの

わからなかった
考えて考えて
気づいた

あなたが私に残したものは
形のないもの
でも
人の心にのこるもの

絶やさぬ笑顔
それはあなたの強さ

強くなれとあなたは言う
だから私は微笑む
泣きたいときも

やわらかな声
心弾ますあなたの響き
心に響けとあなたは言う
だから私は紡がれた言葉を
読み語り声で伝える

あなたがいると
増す明るさ

人を照らせとあなたは言う
だから私はおどけてみせる

馬鹿にされてもかまわない

あなたは強い人だった
どうしようもない私は
あなたが死んで初めて気づく

あなたの強さを
私は受け継いでいるだろうか

あなたを惜しむ人は
私にあなたを見るだろうか

あなたを惜しむ私は
私の中にあなたを見る

奥野水緒

きづいてよ

昔はきらいだった　私のおでこが今は好き
昔はきらいだった　私のくせ毛が今は好き
昔はきらいだった　私の声が今は好き
昔はきらいだった　私の名前が今は好き

昔はきらいだった　私の父が今は好き
昔はきらいだった　私の母が今は好き
弟が　妹が　なすびが　セロリが　満員電車が
さすがに少し言いすぎた

「昔はきらいだった」
「昔はきらいだった」
「そうなんだねぇ」ときみは笑う
不思議そうな顔できみは笑う

大きらい

大嫌いな他人に大嫌いと言う機会があった
滅多にないことだ
向こうからも相当言われた
滅多にないことだ
互いになにも変わらなかった

だけど嘘はなくなった
死ぬ前に言えてよかった
こんなに嫌いなんだもの
無関心でいられたら関わらずに生きられただろうけど
そうはならなかった
大きらい

女というもの

優しい夫
３人の子どもら
持ち家に暮らし
美貌と
人望と
料理の腕前と
輝けるキャリア

そんなものたちに囲まれた

ある麗しき女性が
唐突に言った

「あなたに嫉妬を感じます」

私はたいそう驚いた

面白いこともあるものだと思い

「何にか」と問うてみた

彼女いわく「才能」と

女というのは

口に出すにせよ
出さぬにせよ
自分が持たぬものに
敏感な生き物であり

その意味ではおそらく
彼女とて私とて
なんと女であることよ

ただの恋の話

きみはお陽さま
ぼくは雨ふり

そんなふうに言わないで
雨のにおいが好きなのに

きみは人気もの
ぼくは一人もの

そんなふうに言わないで
二人ぼっちになればいいだけ

きみはおしゃべり
ぼくはだんまり

きみは爛漫
ぼくは鬱鬱

ねえ、そんなふうに言わないで！

ってふり返る瞬間を
あなたはきっと見たいだけ

ただの女と　ただの男の
ただの恋　普通の夜

飯野正行

君へ

消え入りそうなことばだけど
君はふり向いてくれるかな
ともだちが言うように
内気すぎるのかな…

入り江で

片桐尉晶

海の色が変わる前に訪れたかった
太陽を追いかけていたあのころ
ひるがえる白い帆たち　軽風がさらった帽子
受けとめてくれた　一度きりの八月

肩の見えるドレス　手にさげたハイヒール
歌声のひびく朝市　色とりどりの果物
日焼けした男たちの　かき鳴らすマンドリン
ずっと踊っていた　短い夏の夜

潮の浮いたグラスから　氷が溶け落ちて
さようなら　ラテンセイルたち
誰もいない港に　風が吹いて
シユリの残り香を醒ましてゆく

今はもう壊れた自転車と　置き去りのねこだけ

でも
古いセーターを着て　さびたピアノを弾けば
meridies《メリディイウス》 somnium《ソムニウム》　あの歌が聞こえてくる

ラテンセイル：帆桁が前傾した三角形の帆。一人で操作しやすいので小型帆船で用いられる
シユリ：シャンパンの銘柄のひとつ／meridies somnium：真夏に見た夢（ラテン語）

声

大沼いずみ

何にも縛られない　恐怖心や不安にさえ縛られない
地に足が付いている
自律とは自家発電的エネルギーをもとに　行動を起こすこと
自己の中の循環はコイルとなり
またエネルギーを生み　あふれたものは外へ外へ

了解です

触れる

大人になった君が
何気なく絵本に触れる
その指先を見ながら
君の中心に触れた気持ちになる

日はとっぷりと暮れて

鋭い三日月ひとつだけ
もうすぐ深い紺色へ
今日のこの三日月は
なんと説明したら良いのだろう
こころの扉を開けて行く

満天の星空を見たことがありますか

いつもすぐ見つかる星座も隠れてしまうほど
たくさんの星々が降ってくる寸前のように輝いている
なかなか出番の少なかった星々も
ここぞとばかりに意気揚々と輝いているから
この機会を逃すまいと眼を凝らす

例えばふるさとを探すようにして

久保麻紀

今ここ

淡雲ゆるり、
微風ふわり。
流れ流れて、
過ぎてゆく。

こらえた涙。
蓋した怒り。
被れた祈り。
燻ぶる嫉妬。

瞼を閉じて、
背をのばす。
私は、私を、
生きてゆく。

この春。

風が駆け、
緑が弾け、
雨が唄い、
地が薫る。

夢は散り、
心は砕け、
声は枯れ、
陽は沈む。

でも僕は。

空を吸い、
胸を開く。
陽を纏い、
拳を握る。

風が背を、
軽く押す。
行く道に、
花が灯る。
僕は行く。
僕は行く。

じゃ。

始まり終わり、
出会って別れ。

一緒の時間は、
あまりに短い。

追えば逃げる、
放れば擦寄る。
心に浮かぶよ、
今も、ふっと。

消えないから、
消さないから、
会えなくても、
ずっときっと。

届いてるかな、
だと、いいな。

ありがとうね、
ありがとう。

愛を、ひと粒。

嬉しいな、一緒だと。
楽しいね、違うのが。
大好きよ、離れても。

孤独

古川奈央

得た故の孤独がある
それは　得られないが故の虚しさとは違う

得た故に空虚になる
それは　どうにも説明がつかないものなのだ

得たからこそ　手放したくなる
すべてを放《ほお》って　さらなる孤独を得て
空虚になって　得られなかったときを思い出すのだ

そうでもしなければ　どちらに行ったらいいのか
見失ってしまうのだ

手のひらの中できらきらと輝くそれは
何かしらの道程を経ていまここにあるのは確かなのだけど
いまのわたしには　突然あらわれたもののようにしか見えないのだ

だから　驚いて　手放したくなる
手放したあとの呆然とした思いは　容易に想像できるのに
それでもなお　手放したくなるのだ

境界

大事なひとを　突然うしなったあの日
逝ってしまったことを　メールで知ったあの瞬間
目の前の世界には　妙な靄《もや》がかかり
私にはキラキラしたものが　まったく見えなくなった

そして　同じほうをむきながら　落ちていった

靄が消えない景色は　もう
手放していいのだと　心に決めた　あの瞬間
目の前の靄は少しずつ　少しずつ消えていき

やっとキラキラした本物の笑顔が　はっきり見えた
すべてを決めるのは自分なのだと知ったあのとき
私の人生に境界線が引かれたのだ

そこに絶望はあるか

「絶望」を体験すると人は優しくなる　とあの人が言うので
ちょっとそこまで「絶望」を探しに出発した

どの道を行ったらいいかわからないので
気の向くままにどんどん進んだら
帰り道がわからなくなった

しかたがないので　そこで一夜を過ごすことにした

いつでもそこに

いつでもそこにあるものは
苦しさも悔しさも乗り越えた　菩薩の微笑み
いつでもそこにあるものは
苦しさも悔しさも知らない　天使の無邪気
いつでもそこにあるものは
欲も業も手放せない　般若のお面

いつでもそこにあるものは
食べても食べても足りない　餓鬼の欲
いつでもそこにあるものは
喜びを忘れた　貼り付けの笑顔
でも
いつでもそこにあるものは
私を守ってくれる　あたたかい手のひら

私の成分

わたしはチョコでできている
甘くて苦くておいしいの
ナッツは入ってなくていい
凍らせパリパリくせになる

わたしは夜でできている
午前4時まで椅子の上
鳥の目覚めで夜明けを知り
朝を受け取り夢のなか

わたしは言葉でできている
無言も言葉を離さない
頭のなかは文章ばかり
つかんだ言葉に囚われる

わたしは彼でできている
仕事を終えると報告し
料理をつくると報告し
そんなわたしを彼は知らない

秋が来た

まず　あなたは裸足が好きだから
部屋で履ける草履を買おう
そして　あなたのために　シャツを買おう
わたしだけが知っている　あのシャツを

洗濯をしながら　昨日のあなたを思う
草履をそろえながら　明日のあなたを思う

外の木は移ろいゆく赤

死生観

舞台の上で死ねたら幸せ　と　ある役者が言う
それは周りに迷惑だね　と　リビングで私が思う

じゃあ　私なら？

取材中に死ねたら幸せ　と　ひとりの私は言ってみる
でもそれは周りに迷惑だね　と　違う私は思う

じゃあ　ほかには？

言葉を綴りながら死ねたら幸せ　と　もうひとりの私を描いてみる
でもそれは孤独死っていうんだわ　と　また私は思う

じゃあ　ほかには？

言葉を読みながら死ねたら幸せ　と　さらに別の自分を思い描く
大好きな言葉を読みながら死ねたら
私はきっと　ほほえんでいる

その日のための言葉を探しながら
死ぬときに眺めたい言葉を探しながら
生きていくのも　悪くない

詩生観

夜に詩を書く
朝に読み直す
これは私の詩じゃない、と思う

一日、詩を考える
目は目の前の人の手元を見
鼻はコーヒーの薫りを感じ
口は思い付くままの言葉を発し
足はアクセルを(時にブレーキを)踏み、
私は詩のことを考える

夜に、詩を直す
私の詩になる
少し喜ぶ

そしてまた朝に読み直す
やっぱりこれは私の詩じゃない、と思う

こうして私は
詩の海の底のほうで
死ぬまで生きていくんだ

春の決心

佐藤雨音

嵐みたいに吹き荒れて
支配したり、されたりする遊びに夢中になったあと
いつもの穏やかな優しさを取り戻す君

君の声が好きだ
ゆっくりと言葉を選ぶ君
その温かい手が作り出すもの

困った顔が見たくていつも試してみる私
けれど私の無理難題も君には簡単みたい

困ったふりして本当は楽しんでいる
こんなこと繰り返しながら
私たちどこまで行けるのかな
もう3回目の春

最前線で戦う君へ

孤独な道を歩む君に
いつしか寄り添い歩んでいた

私たちは秘密の共同戦線を張って
共に戦い勝ち続ける

負けないためには勝つしかなくて
私は今日も強くなる

君を負けさせやしない
君のためならなんだってするよ

半袖

▼半袖

ときめきというよりは
胸の痛みであり、混乱
強い風を受けながら
君を思う
夏にはまだ早い

ふたり

愛しているよ　と言った時
すっと心が楽になった

いらだつ君を安心させたくて
思わずくちにしたけれど
救われたのは私の方だ

伝えられた安堵

嫉妬や怒り、みじめな気持が
まばたきと共に消えてゆく

理屈をあれこれ並べたけれど
伝えたかったのは結局これだけ

君は小さなため息と降参の顔
手を伸ばし小さな私を引き寄せる
僕もだよ　と優しくこたえる声

愛しているよ　この言葉は
ふたりの間にある不可能を
可能にしてはくれないけれど

苦しくて、嬉しくて
伝えられずにいられない

家路

左目で輝く夕陽を見ながらアクセルを踏む
今頃君も空の窓からこの夕陽を見ているのだろうか

月に一度のこの別れに
そろそろ慣れてもいいのだろうけど
そのたび胸が痛んだり
とめどなく沈み込んでいく気持ちさえ
本当は楽しんでいるのかもしれない

君はどんな顔して家に帰るのだろうか

私が決して行くことのないあのマンション

あの人は料理が得意そう
手入れされた長い髪　綺麗な横顔と細い腕
目をそらすことができなくて
喉の奥に溶けない塊を飲み込んだまま

欲張りな私たちは互いに帰る場所がある
罪悪感などとうに捨ててしまった
また次の月にもこうやって君を見送るだろう

国道はまだ一直線に続いている
左目で輝く夕陽を見ながら私はアクセルを踏み続ける

中島公園

8月8日　永遠に感じた真夏

息苦しい暑い夜にふたり並んで歩く
岸に寄せられたたくさんのボート
池のほとりの芝生の感触
あの時急に駆け出した大きな犬
ぼんやりと濁った月
夜に紛れて高校生のように初めて手をつないだ

私たち何を話してた

どうしてか何もおもいだせないよ
それなのに
あの時の何かが私をずっと捉えて離さない
これからも幾度も思い出すだろうあの夜が

沈黙

約束のできないふたりだから
今は何も言葉にしない
何も言わなくていい
唇に指先をそっと押しあてて
言葉を閉じ込めて心で思うだけ
今はそれでいい

すれ違っても素知らぬ顔で会釈して
人前での他人行儀な挨拶と意味のない雑談
いまだに会うたび照れて人見知りする私を
君はからかって笑うけど

どこかで顔を合わせるたび
ひやひやするくらい私のことばかり見ているから
私は顔も上げられなくなってしまう

後悔なんてしてないけれど
苦しくて何もかも投げ出したくなる時がある

だから今は言葉を閉じ込めて心で思うだけ
私は何も言わない
君も何も言わなくていい
見つめあい互いのぬくもりを確かめ合う
今はそれだけでいい

いつでも君のことを思うから君のことを書きました

冷たい雨の中　傘もささずに歩いた日
ガラス越しに見る　静かな初雪の朝
花の香りの優しい風が私の髪を揺らした時
遠くにブローチみたいな花火が見えた夜

どんな時でもどんな場所でも

いつでも君のことを思うから
君のことを書きました

札幌ポエムファクトリーの詩人たち

大沼いずみ（おおぬまいずみ）

北の地に生きて思うこと

私は北の地の最後に拓かれた場所に生まれました。そこで春の解放感と希望、夏の鮮やかさと躍動感、秋の寂しさと変化していく命、冬の荘厳な美しさと圧倒的な厳しさを教わりました。目に焼きつく自然の色合いは眩しく、その光から心の栄養をいただいていたように感じます。

私は四季の彩りがはっきりとしている北の地が好きです。どの季節も短い期間を精一杯輝かしているように思うからです。そして四季の変化そのものが、人に働きかけ支えてくれていると感じています。この地に産んで育ててくれた両親に感謝しています。

そして、そんな北の地に生きている喜びを忘れずにいたいと思い、詩を綴っています。

兎ゆう（うさぎゆう）

詩を書くこと

母が、突然亡くなりました。母と私の親子関係は、平坦なものではありませんでした。だから、母が死んでも、悲しいはずはありませんでした。ところが、私は、母の死により、悲しみとたくさんの後悔を背負うこととなりました。

整理できない思いを抱えたまま、母の死から二年が経とうとしていたとき、詩を書くことに出会いました。詩を書く。その気恥ずかしさを感じる行為を、私はそれまで敬遠していたように思います。

しかし、私は、詩に救われました。私にとって、詩を書くことは、母の死に、自分の気持ちに、正面から向き合うことでした。そして私は、母の死により、生き方を大きく見直すことができました。死んでなお、母は、娘を育んでいます。ひろちゃん、ありがとう。

飯野正行（いいのまさゆき）

詩を通して見えること

詩は言葉では表現出来ないもの。言葉に出来ない深い想いがあって、その部分こそが詩。その言葉に出来ない深い想いを何とか伝えたくて、前の行と後ろの行とがある。そんな想いで私は日々詩のささやきに耳を傾けています。このスタンスは貧しさを抱えた人と共にいる時にも、司祭として聖書のお話をする時にも、悲しいくらいの愛を綴る時にも、その根底に流れているものです。

久保麻紀（くぼまき）

北の地に生きて思うこと

霊峰富士の麓に生まれ、高嶺を仰ぎ18年を送った後、京へ進んで四季を5巡して、何の当てもない北の地へ。ただ「死ぬまでに一度、北海道で暮らしてみたかったから」。青臭い決意の時から28年、今やこの地が私のホームです。28年という時は実に色んな多くのものを彼方へ押しやって、次から次へ新しいものを連れてきて、私も周りもそれはそれは見事に大きく変わりました。変わらないのは、書いているということくらい。決して楽しいばかりではないのです、好きとも違う、業と言うのが一番近いように思います。これから先の28年、もし生かしてもらえているなら、どの日も私は書いているでしょうね。何があっても、何もなくても。

片桐尉晶（かたぎりやすあき）

詩を書くこと

私たちが風景を思い浮かべるとき、それはたぶん、美しいだけのものではなく、なつかしさや、とまどいが入り交じったものではないでしょうか。

宮澤賢治が自らの詩を心象スケッチと呼んだように、画家がイメージをスケッチで表現するように。私は詩によって風景を表現します。

私はランドスケープデザイナーつまり造園家でもあります。私にとっての詩は、いつも仕事で心がけている、切なくもかけがえのない風景をデザインするためのエスキースでもあるのです。

奥野水緒（おくのみお）

詩を通して見えること

詩とも散文ともつかないごちゃごちゃとしたものを書き出したのはいつだったか。本当のことほど話せなかった。恥ずかしがり屋で話し下手な子どもだったから。人と打ち解けるのには時間がかかった。子どもながらに何か書きでもしないとやっていられなかったのだろう。ことばと私のセラピューティックなつきあいの始まりだった。

30年後、とっくに大人になりセラピーを生業とするようになった私は、ある日偶然ポエトリースクールに出会い、それまで少しずつノートやSNSに書きためたものを詩として作り直すことを始めてみた。

書いてみてわかったことは、詩の書き方には、人生のくせが出るということだ。詩は苦しく、詩は恥ずかしく、詩はやわらかく、やさしい。

ナカザキアコ

北の地に生きて思うこと

今の私があるのは、札幌に引っ越してきたから。と、よく思います。生まれたのは京都で、幼い頃の思い出が詰まった京都は今でも好きな街です。でも、今の私を形作っていったのは北海道であり、札幌であり、ここで出会った人たちです。しがらみの多い、四角四面な世界に暮らし、それが全てだ、それが正しいと信じて生きてきた私に、数々のカルチャーショックを与え、頭の上にあった蓋をパンパカパーンと開けてくれたのは、自由で大らかな北の大地と、ここで生まれ育ったこれまた自由で大らかな人たち。これでもいいんだ、いや、これでいいんだ。知らず知らずに自分を縛っていた鎖をあっというまに外して、私は広い大地を気持ち良く飛び跳ねました。もちろん旅には出るけれど、帰ってくるのはやっぱりここ。いつも温かく迎え入れてくれてありがとう。

佐藤雨音（さとうあまおと）

詩を書くこと

子どもの時から文章を書くことは好きでした。けれどそれは全く人に見せるためではなく自分の心のバランスを取るためのものであり、むしろ見られたくないものでした。詩を書き始めた時、誰かに見せることを前提としたものに、私が思ったこと、感じたことを自由にそのまま書いていいのだろうかという躊躇いがありました。今でも自分の書いたものを誰かに見せることは恥ずかしくて恐ろしいです。

けれど詩を自由に書く喜び、そしてそれを誰かに読んでもらう楽しみは想像以上でした。限りなく心を自由に、のびのびと想像を膨らませ創作し書き綴っています。ひとことでいい、何か感想をいただけたらとても嬉しいです。

後藤路代（ごとうみちよ）

詩を書くということ

私にとって、それは得体の知れない心の中のモヤモヤを、何とか言葉で現して、その苦しみや居心地の悪さから解放されるようとする為の「悪あがき」の様な気がします。

今回ご覧いただいた「悪あがき」達は思春期の娘の心の闇へ、戦う術を伝えたいと模索する中で生み出された作品です。思えば、苦しくって仕方ない時、自分はそうやって言葉を紡いできたのです。詩とは（詩と呼べる程の物ではないかもですが）心を修復する為に必要な薬だったと思うのです。もしかしたら、誰かの痛みにも寄り添えるかも知れないと自惚れて、自分を癒してくれた言葉達に、改めて感謝するのです。

村田由美子（むらたゆみこ）

北の地に生きて思うこと

5年前の真冬、家族4人でイグルー作りに挑戦しました。氷点下の空の下、汗だくになって完成させたイグルー。中は、冷たすぎる外気からも周囲の音からも遮断された、雪色の特別な空間でした。春には跡形もなく消えてしまったイグルーですが、家族で力を合わせて作ったイグルーの姿も、中から見上げた雪の「水色」も、寒くて暑くて楽しくて、笑って笑って過ごしたあの時間も、決して消えることなく家族みんなの胸にしっかりと刻まれています。

北の地の四季はいつも、私たちの心に様々なものを感じさせ、様々な思い出を授けては過ぎてゆきます。何度も厳しい冬を乗り越えなければならないとしても、私はやっぱり、この北の地の四季がとても好きです。

古川奈央（ふるかわなお）

詩を書くということ

昔から、言葉が好きだった。父が編集者で詩人だったし、実は母も詩人だったと後で聞いた。だから両親の周りには詩人がたくさんいたし、心を言葉で綴ることが私には自然なことだった。社会人になって谷川俊太郎さんにハマった。ハマりすぎて企画展までやってしまった。それを機に始まった札幌ポエムファクトリー。横で見ていて、封印していた「詩を書きたい」という思いが膨らみ始め、気づくと何篇も書いていた。それが、この詩集に収められたもののいくつかだ。俊太郎さんはよく、デビュー前に書いていた作品のことを「詩のようなもの」と表現する。私のものも、まさに「詩のようなもの」だ。そこに何かを感じていただけたら、これより嬉しいことはない。

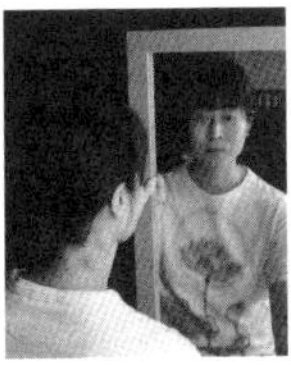

藤山道子（ふじやまみちこ）

愛、恋について思うこと

　愛は私にはおそろしい。圧強め、熱量大、濃いめ、湿気あり、粘性あり。地から湧き出る燃える泥。生きる理由、死ぬ理由。

　恋は風の中。軽く、まばゆく、みずみずしく。シャボンのような、マグネシウム燃焼のような。出合いがしらの面白さ。

　「アイ」と低く発すると、根源からのうめきのよう。「コイ」の軽さとはずいぶん違う。この身の内のアイをどうにか練って、のばして、寝かせて、きたえて、コイの軽やかさをもつお布団に仕立てることを、私はしたいように思います。単純加工ではなく、錬金術として。言葉はその術の一部と思っています。

Y字路のこちら側へ

古川奈央

ふとした思いつき、偶然の出会い、何気ない行動――人生におけるY字路の繰り返しと、その時々の小さな選択に、その後の人生が大きく変わる瞬間があります。参加された方々にとって、この詩集はまさにそういう存在ではないかなと感じています。何気なく参加した札幌ポエムファクトリー。自分でも詩を書いてみようと思った一瞬。本を出そうと提案され、乗ってみた自分。一人一人の、その小さな選択の結果が、この一冊です。

私自身、札幌ポエムファクトリーにおいて初めは黒子に徹していました。しかし自作の詩をみんなの前で朗読し、マッザキ氏からアドバイスをもらって作品がよりよくなる。そんな場面を横で見ているうちに、私の中の「詩を書きたい欲」が芽を出してしまいました。これは想定外でした。

そもそも、私は少し熱すぎる谷川俊太郎さんファン。世界に名の知れた詩人の作品に、何十年も心酔してきた歴史があるので、自分が詩を書くなどおこがましい、という思いを強く持っていました(これはいまも継続中)。

しかし、札幌ポエムファクトリーの懇親会で、ついうっかり「私も書くかなあ」とつぶやいてしまったが最後。書き溜めた作品をマツザキ氏に送り、スクールに参加し、詩集の編集まですることになりました。まさに、あのつぶやきが私にとってのY字路でした。でも、こちら側の道を選んだことが、私の大きな糧になったことは事実。書いて、編集して、よかった。

自己満足で終らないように。この本を手に取り読んでくださった方々にも、作品の中に何かを感じていただければ幸いです。そして、お友達に、家族に、愛する人に、「あなたはこの詩が好きそうだよ」と薦めていただけましたら、そんなに嬉しいことはありません。

2016年11月吉日

札幌ポエムファクトリーは2カ月に1回、ポエトリースクールを開催しています。
初心者の方でも、お楽しみいただける内容です。
詩を読むのが好きな方、詩を書くことに興味がある方、
ぜひお気軽にご参加ください。

愛のカタチは詩のカタチ

2016年11月18日　初版第一刷

著書　札幌ポエムファクトリー
～飯野正行　兎ゆう　大沼いずみ　奥野水緒　片桐尉晶
久保麻紀　後藤路代　佐藤雨音　ナカザキアコ　藤山道子
古川奈央　村田由美子　マツザキヨシユキ

発行人　佐賀のり子
発行　ポエムピース
〒166-0003
東京都杉並区高円寺南4-26-5 YSビル3F
TEL 03-5913-9172
編集　古川奈央（ポエムピース札幌編集長）
デザイン　上仙文江（Slow design）
イラスト　むらもとちひろ
印刷・製本　株式会社上野印刷所

落丁・乱丁本は弊社宛にお送りください。送料弊社負担でお取り替えいたします。

ISBN978-4-908827-11-2